一《いち》粒《りゅう》万《まん》倍《ばい》びより

齋藤 たえ
SAITO Tae

文芸社

一粒万倍びより　目次

I

Ⅱ

Ⅲ

I

Ⅰ

一粒万倍《いちりゅうまんばい》

一粒《つぶ》のかよわいものとて
粗末はいけない
風にそよぐ早苗
大地に根を張り立ち上がる
やがて　黄金色に実った一粒のものたちよ
稲の異称。米だ
お母さんが装ってくれた
ホカホカの朝ごはん
詩もそう。
毎日のささやかな一粒の出来事
心にゆっくりあたためて
大切に実らせられたらいい

九月の良き日。ドドドドードドドドードド
遠くで　黄金の田をすすむ　コンバインの地ひびき――が届く
今日は
とっておきの稲刈り日和《びより》

りんご園

秋の訪れの
りんごをいつもありがとう

何百本ものりんごの木に
機械ですます仕事など何もない
こつこつと
真面目に日《ひ》にちをかけてする仕事ばかり
どのりんごも
大切に育てたはずなのに
市場では
優や秀に分けられて
自分の意志を表す隙もない

転作のこと　腐乱病のこと
台風のやって来た時のこと
あなたの苦労や心配が

いっぱい　つまった
赤く　あいらしい　この実
かじると　あふれる
あまいかおりから
「転作なんてするものか」

白い冬の終った頃
明るいりんご園へ
飛び出して行く
あなたが見える

チケット

テレビは
アッツ島で
日本の捕虜になった
ニコル少年のその後を

追って行く

私は
グレイのチケットを追って
０１２・７〇〇・４〇〇〇
プッシュし続ける
暗記してしまった
電話番号と
通じない　言い訳のテープ
――こちらＮＴＴですが
ただ今　おかけの電話は
大変混んで
かかりにくくなっております
しばらく　たってから
おかけなおし下さい――

訪ね　訪ねて
歩き続けたリポーター
ニコライ少年の

I

幸せな現在にたどり着く

私は　めげずにプッシュする
あいかわらず　テープの声ばかり
グレイのグにも届かない
張り巡らされた　ネットワーク
どの辺りを　ウロウロしているのか
うまく　ひっかかってヤ
受話器のむこうに
二枚のチケットだ　二人の娘へ

夏の夜を　ギラギラ
若さジャ　ヤングだ　はじけるわ
キャー　かっこいい、ジロー
はじけといで。

※「グレイ」函館出身バンド

鮭《さけ》

九月一日は
海の
鮭釣りが解禁になる日
浜に竿が並ぶ
ゆっくり時間をかけて
釣った一匹だ

いきがいいから
包丁がすべる
まな板を越して
目をむいている
ひるむな！
腹を裂く
「ウッヒョウ　メスだ」
夕焼けの固まりみたいな
ブリッとした筋子だ

I

モチ焼き網と
ボールと塩水

網の上で
皮を裂いた筋子を
軽くころがすと
パラ　パラとほぐれて
受けるボールは
鮭の産卵場だ

塩水で洗って
醤油と酒で漬ければ
イクラ
ロシア語だ

屈強なオスの
白子をかければ
受精のしくみ

鮭の始まりだ

そして
春には
たくさんの稚魚が
海へ
泳ぎ出していく

杜　――お宮の近間に住んで

(一)　啄木の石

ちょっと
見てごらんなさい
まるで啄木でしょう

お宮って所はね
お家で

Ⅰ

ちょっと困ったものなんかをね
奉納して来るのですよ
たとえば
けっしてもう起き上がらない
寝たままの松の木
病人が絶えないんですって
そんなふうに
りっぱすぎる石とか置き物なんかも
家に不釣合だとか言ってなのです

郊外に住む農家のおじいさんが
吟行のバスの中で見かけた石
野菊の川岸にひっそりと坐っていました
あの石　欲しくて欲しくて
やっと手に入れたのでしょう
庭に据えて
ほれぼれ楽しんでいたのですが
どういうわけか
次々と家族に災難が起きる

一粒万倍びより

けがをしたり事故をおこしたり
きっと　家族に責められたのでしょう
ある日
クレーンで　吊り上げられて
お宮の片すみに奉納されました
なんの変哲もない石のようですが
少しはなれて見ると
まるで啄木です
頬杖をついて
坐っているように見えるでしょ

おじいさんは
啄木の短歌《うた》が好きだったのですネ
でも　啄木は
あまり良い一生を
送った方ではありませんから……

まあ　とにかく
奉加帳に

啄木の石　一体
奉納者のお名前なども頂きましょうか

(二)　黒松と赤松

そのころ
黒松は　もうすっかり
覚悟をしていました
この雪の重さが
今度ばかりは耐えられそうもありません

のっぽの赤松が言いました
――やっぱり　だめかい
　ぼくは　もう少し頑張るよ――
キツネやリス
カラスや旅の途中の鳥たちが
黒松と赤松を目印にやって来るのでした

――もう行くよ――

黒松は
静かに傾き
雪げむりを上げて
白い大地に呑まれて行きました

地ひびきは雪に埋まり
まるで樵《きこり》の手を借りたように
りっぱな方向へたおれ込みました

からんだその根は腐り
ふしくれだった身体は
すっかり病んでおりました

㈢　ロクさんのホーキと風

ロクさんのホーキは
変な形だ
半分は　ほとんど擦れていて
残った半分の形

Ⅰ

参道の落ち葉を
玉じゃりをとばさないように
ホーキを地面すれすれに寝かせて
落ち葉だけを
すばやく掃く
だから　こんな形になるんだ

その後《うしろ》から
風がロクさんを手伝う
北北西の風が吹けば
南参道を掃く
腰をかがめて
いい調子で掃いていると
風向きが変わる
ロクさんは
ポーンとホーキを
その辺に
放り投げて

一粒万倍びより

表参道へ走る
今度は　北北東の風に添って
けっして逆らわない人生だ

赤いもみじの散る頃
ロクさんは　腰を上げて
掃いて来た参道を
ふり返るのが好きだ
玉じゃりの上を
真一文字に
赤い血潮が流れているようだ
――うーん。
　俺の人生も　なかなかだったなあ――
友達の風が
さあ　行くよ
今度は向こうだよ、ってふうに
ロクさんの背中を押す

I

花嫁

三国同盟
Uボート
シュトーレン
熱帯魚のテトラベルケ社

　Eメール

そんな遠い所まで
心が飛んじゃった
姪の　ミス、チカ
もうすぐ
リヒャルト・シュヴァイツァが
迎えに来る

――規格はずれの
　娘に育ててしまって――

なんだかくやしいわ……　さみしい——

安岡歯科医院

昔
大きな口を開けて笑う私に
祖母が言った
「歯並びが　そんなに悪いから
おまえは　肉親の縁が薄いんだよ」
と

かれこれ　三十年になる
この歯科医院が気に入っている
十年ぶりに
フラリとやって来た患者に
忘れずによく来て下さった
というふうに

I

「これ　さいとうさんのカルテ
　全部とってあるんだよ」
カルテの束を持ち出して来る
私の口の中は
抜いたり　かぶせたり　ブリッジしたり
すっかり先生の作品だ
厚いマスクにメガネ
変わらず白い髪のドクター
本当の顔を見たことがない

ギィー　ギィー　ギャアー
私の歯を削りながら
きっと思うでしょう
さいとうさんの歯は
どうして　こんなに歯並びが悪いんだろう
どんな親に育てられたのだろう
放ったらかしで育てられたのだろうな
と
そうです　先生

一粒万倍びより

私の両親はリコンです
祖父母が
よく私にキャラメルを買ってくれました
統計的にはどうなのでしょうか
歯は、
家庭環境によるところが
大きいのでしょうか

「さいとうさん
　いっしょうけん命　歯をみがいてね
　歯並びがあまり良くないから　大変だよ
　十年でも二十年でも　大事に使いなさいよ」
それは　大変なこと
私は六十歳
先生は　どうなっているのでしょう
新しい先生を探すのも
苦労なことです

治療の終わった歯を

鏡で見ると
歯並びは悪いけど
丈夫そうな歯だ
父との縁は薄かったけれど
私の傍らで　老いた母がゆっくり食事をする
入歯をコツコツさせて

祖母

(1)　TEA

私と弟が
祖母を囲む
「いいもの飲ませるから」と
私たちを呼んだ
「ヒロキチの家で、今
　おいしいもの飲んで来たんだよ」
熱くわかしたお湯を

一粒万倍びより

ホウジ茶に注いで
湯気とかおりが立って
それからどうするの
「カップとお皿とスプーン
　持っといで」
ハイ、コーヒーカップでいいかしら

祖母は
ホウジ茶色のお茶を
カップにたっぷり注いで
お皿にのせて、スプーンを添える
それからどうするの
「さとうを入れるの
　飲んでごらん」
その時、私と弟は
時雨もようを
学校から帰ったばかりで
身体もお腹もこごえていた

Ⅰ

私が
エレファントの瀬戸物に入った
セイロン紅茶とか
イギリスのおみやげの
ＡＨＭＡＤ　ＴＥＡのティーバッグとかで
家族に紅茶をいれる時
あの時の祖母のはなしを
しないではいられなくなる

でも　あの時
私たちを満たしてくれたのは
「おいしいだろう　あったまるだろう」
そう言って
おかわりをいれてくれた
祖母の
熱いＴＥＡだった

(2)　すいか

本当に
おいしそうなすいかが描けました。
気前よく
ぶ厚く切られた　すいかが
白いお皿にのっている
「さあ、たくさんお食べ。よく冷えてるよ
　塩がないよ。塩、持っといで」
そんな　祖母の声が聞こえてきそうな
すいかだ。とは言うものの。

私は
雪の道を走った
駅前の果物屋へ走った
祖母が死ぬかもしれない
「苦しいー。すいかを一切れ
　冷たくひえたひゃっこい　すいかを一切れ」
明治うまれのきつい祖母が

I

今にも死にそうな
息をつきながら言うんだもの
何もかも吹きとんで
最期の願いを聞いてやろうと　走った
明かりを消して
店を閉めようとするおじさん、待って
その一個を売ってちょうだい
「お客さん、沖縄産　あまいよ
　最後の一個。べんきょうしとくよ」
五千円のすいかを三千五百円で買って
いいこともあるなと思ったり
沖縄では
すいかのなる季節なんだと思ったり
桜田門の井伊大老の首みたいと思ったり
フロ敷に包んだ首を抱えて
雪の中をひた走った　水戸浪士のように
私も走った
「バアちゃん
　五千円もしたすいかだよ」

その時
祖母の目が
キッと光った

次の朝
シャキッとした顔で
「あんな高いすいか買って、もったいないなお具合が悪くなるところだった」

そういう　祖母だった

祖　父

祖父が唄った
しわがれた
おとなしい声で
いつも心にしまっておいたうた

I

何か　いい事があった時
いつか唄おうと
大事に残しておいた
――黒田節――　を

祖父は唄った
大切にゆっくりと
昔をずっと通って
今日のささやかな宴《うたげ》
槌音をさせた一日を閉める

照れたように
うたを置いた
祖父には
どんな人生の光と影が
あったのだろうか
富山の海の小さな町
祖父が生まれて育ったという
節くれだった

一粒万倍びより

寡黙な祖父の一生
その思い出ばなしは無く
祖父は
もう逝《い》ない

II

2tトラックに乗って　——心の内側（ドラマふうに）

2tトラックに
積めるだけ積め込んで
何一つ
落ちないように
ロープをしっかり張る
そして
私たちは出発する

いき遅れた私と
この度　めでたく離婚した弟と
呆けた母の身を施設に預けて
私たちは　この家を捨てる
私は　とってもいい気分で
新しいどこかへ　ゴー、と言う
——姉ちゃんの好きな所
　どこでも行くぞ——

一粒万倍びより

弟がアクセルを踏んだ

昔、バスの窓まで伸びていたりんごの樹
あの赤い大きいのをもぎとって
食べれるところだった
もう少し手が長かったら

私の好きな所
あそこ
あのりんごがたわわに実った
バスからとりそこなったりんごの町
一個、一番でかくて赤いのを
どろぼうして食べてみたいから
あの町へ行こう
りんごが気前よく
通路にまで伸びている
あの、のびやかなりんごの町へ
どろぼうをしに行こう

Ⅱ

町の郊外の古ぼけた家を住み家にして
私は
どろぼうの時期をうかがう

青いりんごに
少しずつ　赤みがさして来る頃
りんご園へ
ようすをうかがいに出かける
あの時のままだ
通路にまで
安心しきったように枝が伸びて
ほぼ出来あがったりんごが
重そうにぶら下がっている
うん、あと二、三日ってとこかな

三日たって　決行の日だ
りんご園へ出かける
夜だというのに隙だらけ
収穫したりんごの入った木箱が積まれ

一粒万倍びより

りんごの樹の下には梯《はしご》だ
鍵をかけなくちゃだめだよ
どろぼうが来たよ
いいのかい、みんな、そんなに油断していて
盗るよ。丸々太った
その申し分のないやつをさ
りんごを握って
グリッと手首を回す
ズボンでさっとふいて
カブリつく。白い汁があふれる
と、思ったけれど
今年はやめとこ
来年、本当の決行は来年の今頃
私は
あまずっぱい汁の感じを口に残しながら
月の中を帰って行く

そんなふうにして
来年こそは来年こそはと

Ⅱ

のびのびになってしまい
友情とか義理とかが
私にふっついちゃって
どろぼうが
だんだんむずかしくなって行くわけなのです
そのうち　だんだん
この町が好きになって来て
決心もにぶりがちだ

清らかなうちに
——シンちゃん、どこかへ行こうか
　姉ちゃんと——
そうネェ
今度は　海があって
死ぬのに遠慮がない所が良いわネ

手術

(a) 熱

四十度の熱が出るって
どんなことか　知ってるかい
足が冷たくなるの
寒くて　歯が合わなくなる
フラフラして
廊下をまっすぐ歩けない

あ、熱が来る
電気毛布の目もりを3に合わせて
ふとんを掛けて待ちます

熱が着きました
ナースコールをします
坐薬を持って
ナースがやって来ます

Ⅱ

いったい　どうなっているの
原因がわからない熱なんて
いったい　どうなるの
私の身体の中の
どこかで炎症が戦っているって
今　調査中です
朝になると
血液を何本も取るものだから
私の血管は
ある朝
とうとう拒否反応を起こした
否否《イヤイヤ》と　逃げるのです

(b)　点　滴

ナースが部屋に入って来て
「血小板が着きましたよ
すぐ輸血しましょう」

一粒万倍びより

きのうから
絶食になって
点滴ばかりの食事をしている

血小板の詰まった袋を
見上げながら思う
なんて巨大な数の子みたいなんだろう
たかいんだろうな
こんな大きな数の子
二万円　もっと五万円
血小板って　いくらするんだろう

見上げた袋に
『日本赤十字社』
『無料』
黒い太い文字があった
その文字を見つけた時
あの地下街の血液センターが

ドーンと見えて来た
B型の血液を呼びかけ
回転機にかけて
血小板を取り出し
一刻も早く新鮮なものを　と
私に届けてくれたんだ

私の病室のカーテンの下を
色々な人が往き来する
今頃は
血液センターの前も
色々な人が通り過ぎたり
立ち止まったりしているのかしら

(c)　白い草原

だれかに
呼ばれたような気がした
――おいで――

私
いつ　こんなに気持よく
眠ってしまったんだろう
不安なんて　なんにもない
このあっけらかんとした
不思議な空間

白い　白い　真白くて
広くて　広くて
静かな　静かな
白い草原
――おいで――
白い手が
あちこちから
私を誘うのです

行かない

一つの手が

――来るんじゃない　ひみつだよ――
その手が　ゆっくり
私に
バイバイ　した

(d)　空　白

ナースが
私をきつく押さえていた
背骨に麻酔の針がさされ
手術の始まりだった
一、二と数えたはず
好きな音楽が流れたはずだった

「さいとうさん　さいとうさん」
そろそろ麻酔がきいてくるはずだったのに
――だれだ　私を起こすのは――
ふるさとの公園で眠る
武羅夫《ぶらお》の石碑を少し真似て

管《くだ》の入った口の中で
そう叫んだ

「終わりましたよ　悪い所
全部とりましたよ」

えー
おわったの
手術

あっけない
空白のとき

※〝誰だ花園を荒す者は〟（中村武羅夫）

Ⅱ

某《ぼう》日《にち》

(1) 南瓜

少女を犯すようで
心苦しいのですけど

女花と男花が
そろって咲いた朝
私は　綿棒を持って
裏の畑に出かける

開いたばかりの少女の雌しべに
男花の花粉を、綿棒にのせて
トントン　トントンとふりかける
やさしく　やさしく　トントンと

今日から
わたくしは〝雪化粧〟といいます

(2)　いちごジャム

どうして
こんなところを食ったんでしょ

夕暮れ
私は　イチゴ畑で
夢中になって草とりをしていました
あまい　赤い実がなるように
白い花ざかりに混じっている
雑草をとっていました
首筋のおくれ毛が少しあたる所
ブヨが来て　チク
私の血を吸ったのでした
昔
私がもっと若かった頃
口づけされた　そのあたり
ポコとポコ
赤ちゃんの乳首みたいにさわります

かゆい　かゆい　とってもかゆい
かいちゃる　ポコとポコ
でもそおっと
口づけされた　そのあたり

アメリカ村のフユジさんが
「ジャムの煮えるにおいは
　まだまだ先のことですネ」と
うしろで　立った

※「アメリカ村」　田中冬二の詩より

(3)　月見草

月見草のきれいな秋の夕暮れ
自転車を颯爽と走らせていた
その時
右足の膝を　路肩にぶつけてしまった

一粒万倍びより

はれる　やむ　青たん
レントゲンの写真を見て
ドクターは言う
「骨は大丈夫ですけど
　膝の軟骨　大分へってますね
　加齢ですね」
やっぱり　そう来たか
「どうしますか。注射していきますか」
「どこにするのでしょうか」
「膝のくぼみあたりにさします。
　ヒアルロン酸。ききますよ」
ヤダ　怖い　痛そうだし　クセになりそう
「この次にしますか
　じゃ　痛み止め出しておきましょう」
「あまり歩かない方がいいですか。自転車も」
「ふつうに、自転車もいいですよ」
寝ろとか動くなとか大事にしろとか
言われると一番　参る
うれしい　つくづく良かった

歩け　自転車も　ふつうにしてろ、が
加齢族には　何よりの薬だ
シップを張り張り　時にはヒアルロン酸も
だまし　だましだ
「このままで　最後はどうなるのですか」
「膝半月板の手術」

それでも
最後の砦が残されている
年を重ねるということは
少しずつ壊れて行く肉体の
痛みとの戦いだ

紐

早朝
緊急入院している夫から電話が来る

一粒万倍びより

個室でベッド上の安静と
点滴まみれの夫だ
「ヒモを持って来てくれないか」
「どんな」
「1mぐらい　少し丈夫そうなのを」
それだけ言うと
力尽きたように電話が切れる
何に使うの
とても聞けない程の
さみしい声だった
死にたい気持は
突然　やって来るもの

私は思う
丈夫な紐を届けたら
どうなるのだろうか

その時
ピーピーピ

Ⅱ

レンジのかん高い声が
私に警告を鳴らす

そうだ　いい紐があった
父の日の
娘のプレゼントに結んであった赤いリボン
その日のことを思い出したら
生きたい気分も
一気にやって来るだろう

「いい事　考えていたのネ」
豆ライトに　届いた紐を通して
首にかけ　加減を見る夫に
つくづく言う
「よし　これで消灯の暗い廊下
　トイレに行けるな」
きのうより今日に　今日よりあしたに
生き上がるということは
何かいい事を思い付くことだ

男の料理

夫の飲み友達の玉川さんは
お正月の過ぎた頃
漬け物を届けに現れる
そして　今年も去年も
同じ言い訳をする
「この大根もきゅうりも
　僕が収穫したの」
たくわんときゅうりのカス漬け
「それもぼくが漬けたの
　しょっぱかったら砂糖でもかけて」
それだけ言うと
「またネ。今度誘うから」
忙し気に帰って行く

私は困る
いつも本当にしょっぱいのだ

Ⅱ

健康にいいわけがない
でも　食べてしまう
糠色にうまく漬かった　たくわん
バリバリ　いい音
「しょっぱいけど　たくわんらしいネ」
とか言って　すすんでしまう
玉川家の皆さんは
塩分過剰とか血圧とか
気になりませんか
塩分には　ちょっとうるさい私
内緒で処分したい気持
でも　夫が
「あの玉川さんのどうした」と
思い出した時の用心に
雪の室を掘って　埋めておく

ある日。やっぱり
「おーい。玉川さんのたくわんどうした」
と　言い出す

一粒万倍びより

「もう食べられないぞ
　玉川さん死んだぞ」

雪を掘る
目印の棒のあたりをガリガリ掘る
「玉川さんのたくわん出ておいで」
「きゅうりのカス漬け出ておいで」
雪の中から掘り出た　漬け物二種類

「しょっぱさが　こなれて来たネ」
コリコリさせながら　しんみり
玉川さんの味だ
男の料理って
大雑把だけれど
心にお母さんの味が居るから
だれにとってもなつかしい味がする

きゅうりのカス漬けは
塩出しをして

おいしく漬けなおしてみようかしら
二日程　水に浸けておく
塩かげんは　どう
ポリッと折って　かじってみようと
一本とり出す
グニャグニャグニャ　くずれてしまう
そこの一本も　その一本も

ああ
玉川さんの骨も
こんなふうに
火の中で溶けてしまった

私の母と娘

母　昏昏《こんこん》と眠ります
点滴のチューブと酸素マスク

一粒万倍びより

誤嚥《ごえん》性肺炎の
高熱が続く
「今晩がとうげです」
と　言われ
二晩め
とうげを越えたり
とうげを昇ったり
私もドクターも
疲れぎみだ
朝日がカーテンの隙間から差し始める頃
熱と呼吸が落ち着いて
「生命力の強いお母さんだネ」
ドクターが　病室を出て行く

娘
今日中に
ママになる
陣痛がやって来る来る
強かったり弱かったり

Ⅱ

フフハー
フフハー
その呼吸だよ　そうそう　うまいよ
きばってよ
かっこうつけている場合じゃないよ
固いうんこをするイメージだよ――助産師が気合を入れる
見守るしかない私も
いっしょに疲れている

母さん
もう少し頑張りなよ
ひ孫　見れるよ
国道をはさんで
右側が娘の病院
左側が母の病院
私は
雪の降りしきる夜を
黄泉《よみ》と現《うつつ》の国を
ウロウロ　オロオロ

するばかりだ

うしみつ時
二時、娘
とうげを昇り切った
バアちゃんに届けとばかりの
声を張り上げた刹那
新しい命が声をあげた

母さん　赤ちゃん産まれたよ
耳元にささやく
呆けて　何もかも捨てたように眠る母が
少し　うれしそうな顔で
うなずいた

マンゴウ

うん　まったく
へた
おいしくなさそう
百一歳の画家が反省する

先生
おいしそうに
描けているじゃありませんか
　まったく
へた
するどい目が
頑固に
言う

五年をかけて
描きあげた　マンゴウ

一粒万倍びより

色づきはすすみ
すっかり熟してしまいました
遊亀先生のお年歳《とし》も
一世紀を越えてしまった

熟した　うるしの葉
ぎんなんの実
マンゴウも
おハダの弱い方
素手でさわっては
いけません
かゆい　かゆい　かゆそう

コトン
先生は
只今
お昼寝に入りました

※「遊亀先生」日本画家　小倉遊亀

えいす　――イン高崎

⑴　うがい

外から帰ったら
ウガイ　手洗い
保育園のあやか先生のゆうことを
とてもよく守る

一年ぶりに会った　えいすのために
足場の台を用意して
ウガイのコップに水を汲んでやる
グジュグジュ　グチァア
グジュグジュ　グチァア

次、手洗い
最大限に手を伸ばして
アワアワのシャボンを
練りながら

一粒万倍びより

指の一本一本　ていねいに
手の平から甲から指の先まで
大変な時間と手間をかけて
まだ洗っている
それでも　バイ菌には勝てない
手・足・口病とか　りんご病とか
幼児たちの周りには
そんなウイルスがうごめいている

それらと戦いつつ　勝ち抜いた頃
やっと〝つ〟のつかない十歳になる
八《や》っつ　九《ここの》つの〝つ〟がつかなくなるまで
病院通いは仕方ないよ
本当にその通りで
子どもたちは十歳を過ぎると
急にたくましくなる

えいすは　三《み》っつ
病院通いは　まだまだ続きます

⑵　おしっこ

まず　トイレ用の台を置いて
便器に坐る台も置いて
ズボンと下ばきを
めいっぱい下げて
お待ちどおさま
用意万端　さあどうぞ——
ジョジョ　ジョ　ジョ
元気のないおしっこだ
おむつがとれて間がないから
慣れないのだろう
「ママー　おチンチンの先拭くの」
「うん　軽く拭いちゃって」
やわらかなおチンチンを
ペーパーで拭いてやる
なんだかたより気のないおチンチンだけど
君は　りっぱな日本男子となって
子孫を残せるのかな

隠しのある便器で
男の子らしく元気に
放尿させてあげたい

(3)　ＳＬ

どこかでピィーと
私の子供の頃の汽笛が確かに鳴った

えいすが
「パパ　早く早く」
抱っこを急がせて　早く早くと大変だ
日曜日の朝十時
近くの駅で
汽笛を鳴らしＳＬを走らせる
ＪＲのサービスだ
「早く早く　行ってしまう」
5階の玄関を出るとすぐ

Ⅱ

いい具合に見えるという
「おばあちゃんも　早く早く」
おばあちゃんは
ＳＬ、珍しくないから　いいの
だって
私　子供の頃からずっと
函館本線沿いに住んでいて
毎日　ゴーゴーと黒い煙と地ひびきを聞いて
育ったんだもの
ＳＬには　あまり興味ないの

おばあちゃんはいいから
えいすパパと見ておいで
早く早く　行っちゃうよ
えいちゃん
せっかくのおさそいゴメンネ

ピィーとかん高い声が遠ざかって行っちゃうよ

III

屯田兵譚《とんでんへいたん》

㈠『正雪記』を読んで

時は、三代将軍家光の頃

この日は、正雪にとって
紀伊家　浜屋敷の茶室にて
和歌山城主　頼宣とのお目見えが
千秋の思いで　叶った日であった
側に伊豆守がひかえている
「久方振りであったのう。正雪」と、頼宣。
「おそれながら　巷にあふれる
　浪人たちのことでございます」
「うん。聞こう。申せ」
正雪は
『蝦夷《えぞ》ずめん』を　頼宣の前に広げる。
伊豆守は
浪人隊を率いるこの男が

（何を殿に進言するつもりか　無礼者めが）
正雪が憎くて仕方がない
「説明せい」
頼宣が身を乗り出す
「海も大地も手付かずの蝦夷地の開拓と北方のロシア国の警備を
数多の浪人たちに預け頂き、蝦夷地に遣わせとうございます」
聞き入る頼宣に
伊豆守が口をはさむ
「殿　この男の口車に乗ってはいけませんぞ。
蝦夷地を　この者の浪人隊の一団に乗っ取られかねませんぞ」
「そうよのう。伊豆　良きにせい」
正雪をその場に　頼宣、去る
（終わった）
正雪は無念のつぶやきをもらした

この経緯は　まったくもって
屯田兵のことである。
時期尚早であった

その後　明治政府によって
屯田兵政策は実行されるのである
それは
ほぼ　正雪の言い分に沿ったものだった。

※参考資料：『正雪記』山本周五郎（新潮社）

㈡　カーン　カーン　カーン
時計台の鐘が時刻《とき》を放つ

屯田兵三世の古老は　耳をすます
あれは　祖父らの悲しみと希望の声だ

明治二七年
私の住むこの町は
熊本・愛媛・大分・大阪・富山……
一府二十県の屯田兵入植から始まる
四百戸　総勢八七七人が
この北海道のほんの何人かの集落だった
江部乙村にやって来た

一粒万倍びより

北辺防衛と開拓の二役を担って
次男以下の男たちが
故郷を捨て　家族を引き連れて
未開の地を果敢にめざした
明治の民族大移動
そんな見出しが付く程の出来事だ
日本全国から七千戸四万人の人たちが
屯田兵として
北海道に入植したのである
彼らは三七兵村に分団され
北海道の各地に割り振られた
いよいよ
未開の地の開拓と練兵に明け暮れる
苛酷な日々が始まるのである

伐採作業　うっそうと繁るに繁った
原生林との戦いだ
若い伸びざかりの樹木が邪魔なのだ
心を殺して

Ⅲ

ひたすら倒す　焼き尽くす
モウモウの煙の中
カーン　カーン　カーン
斧が大木を打つ　ひたすら打つ
かわいた悲鳴が原生林を走る
奥へ奥へ
進め進め
平らかな大地を　日の当たる大地を目指せ
大地という宝を得るために貪欲になれ

その激しかった日々を
その口で語れる人は
もういない
最後の屯田兵となった石川県人の鈴木仁さん
享年九一歳。昭和四三年の九月までを
家族と元気に暮らした
「くれぐれも　後の事はよろしくな」
穏やかな言葉を
残して逝かれたといいます

一粒万倍びより

「次は　屯田町西一丁目です。お降りの方は、お知らせ下さい」
屯田町西一丁目の住所が残され
バスの停留所がある
この辺りに　屯田兵屋が林立していた事など
知る人もいない
かって　屯田兵屋が並び
家族が未来を信じて
一日一日を大切に
思いっきり　生きた場所
今は　屯田兵三世と四世が辛くも
屯田兵の存在をささえているばかりだ

私は　そのバスに乗って
屯田兵のことを
かすかに記憶しているという
お婆さんに会いに行く

今も

お婆さんが畑仕事をする
『屯田町西一丁目　前』
ピンポン　降ります。ブザーを押す

※参考資料：江部乙屯田入植百年記念誌『次代に伝える』（江部乙屯田親交会発行）

㈢　藤だな

近くの学校の裏庭に　ドーンと　どでかい
鉄骨の　藤棚がある
春には　ユサ　ユサ　りっぱな藤の房がゆれる

こんな説明書きのボードが
『樹木医の診断では　樹齢約一〇〇年
明治二〇年代に入植した屯田兵が、
藤の苗を持ち寄って植えたものです
平成一〇年、既存支柱立木が老化したため
平成一二年に鉄骨棚を設置した』と　ある

一粒万倍びより

これからも　いくら伸びても枝を広げても
充分な高さと広さだ
強い風や冷たい雨や雪から
彼女ら彼らを守る
藤のお家だ
家は　枝や葉にすっかり覆われて
洞窟と化していた
その中で　陽をも遮って
どのように生きていたのでしょうか

「ちょっと　おじゃましてもよろしいですか」
声をかける
どうぞ　おいでなさいまし――
ヒヤッと冷たい風が私を誘った
ためらう背を押され
私は
荒縄の張った囲いの域を越える
私たちの一〇〇年の生き様でございます――

Ⅲ

藤の精の声がして
五人の藤の老木が
一〇〇年を　野たれ狂ったように
伸びに伸び　くねりにくねり
繁った枝や葉は、高く高く伸び
からまり合って太い幹になる
風や雨を避け
長い冬を
この洞窟で　こんなにりっぱいに老いていた
春になれば
命を削って　一生懸命藤の花を咲かせていた
一〇〇年前入植した屯田兵は
原生林を残さず切り尽くしてしまった

ここは原生林の洞窟だ
屯田兵が　私たちに残した
原生林だ

福島　――バス停で――

青いセラミックスの
バス停に着くと
学生服を着た男の子が
寒そうに椅子に坐って
バスを待っていた
むずかしい年頃特有の暗さを感じて
少し離れた椅子に私も坐る
と　話しかけて来た
「ぼく　就職が決まって
　先生の所に報告に行くところなんです」
そんな風に話しかけて来た
それにしてもなぜ突然
そんな事　私に話す気になったのだろう
息子の気まぐれには苦労して来たから
若い奴には　構えてしまう
「それは良かったネ。おめでとう」

Ⅲ

どこに　とは聞かない
「北電《ほくでん》」
おこったようにそう言う
何もこっちから聞いたわけでもないのに
乗れば　このぶっきらぼう振り
まったく　うちの息子と同じだわ
それでも
「それは良かったわネ。りっぱな職場ネ」
「きんむ地　福島なんです」
「え　北海道電力が福島なの」
「北海道と希望して　試験うけたんですが」
「福島かあ　若い人が働くにしては
　まだ　おっかないよ」

母親や父親はびっくりしただろう
合格通知　家族万歳で　封を開けると
勤務地　福島
福島に着いた途端　息子が被曝者になる
そんな気の早さで受けとめるのが母親だ

胸がつぶれる思いだろう
北海道電力もだ。若いこれからの力を
どうして守ってやれないのだ
まだ事故から五年程しか経っていない
放射線量の高い地区も
あっちこっちにあるというこの時に
勤務地　福島になってしまうのは辛い
「もう　お宅から電気とらないよ」
なんて　ぶっつけたくなってしまう。
「それで、先生の所へ相談に行くのです」
そうなの　こんないい彼
本人も家族もシュンと暗くなっちゃうわ
工業高校前で降りて
学校に入って行ったけれど
どうなるのだろう
私なら　別の就職を探させるかなあ
なかなか　北電級の職場　今から無いし
福島が悪いわけではないけれど
でも　まだ福島には行かせられないなあ

Ⅲ

モモが大好きだ
福島は果物の宝庫だもの
特に福島はモモが一番
でも　せっかく実ったモモも
箱に詰められて　店頭に並べられても
産地、福島とあると　いくら安価にしても売れ残るのだ

五十基以上も
原子力発電所を持っちゃって
困った日本だ

美術室

コツコツ　くつ音をさせて
灰暗い校舎の階段を上る

夜の九時
二回めの見廻りを終わらせたら
ぼくの帰りの時刻だ
懐中電灯の光が
二階の美術室へぼくを先導する
ドアを開けて　壁のスイッチを押す

絵画制作中
さわらないで下さい
と、
張り紙がビシッと主張する

明日で五週めだ

Ⅲ

最後の一日
よく無事で
いたずらもされず　食べられもせず
現状維持でいてくれた

白い布のバックを背景に
赤い四角い布
その前に
バラ　あじさい　ケイトウ
ミモザの枝ぶりをたっぷりといけた花入れが
真ん中にドーンと置かれ
赤のワインボトル
二つのグラスに注がれて
フランスパンが皿に切り分けられている
りんごやオレンジが
思い思いに　ころがっている
こんな構図の静物画だったんだ
立ち止まって　つくづく見ていると
一瞬　ギョッとした

一粒万倍びより

白い布と赤い布
まるで　日の丸の旗だ
それぞれは御霊へのささげ物
終戦の頃を　ほんの少し
ぼくが記憶していたせいかもしれない
あの終戦を朧げながら
心のすみに覚えている　ぼくたちが
もう最後の世代になるのだろうな

中東などの戦闘には感じない不安感だ
ロシアとウクライナの戦争突入には
胸がつぶれた
日本は近いものなあ　北海道は本当に近い
ぼくたちは　相当近い所に居るということだ

おいしそうだったフランスパンはガシガシだ
ワインは気が抜けて
酔いも回らないだろう
フルーツの甘味も　とっくに枯れただろう

Ⅲ

モデルたちには　長い五週間の日々だったんですな
明日は　皆さん
キャンバスに
とびっきり　いい色をのせてやって下さいよ

明かりを消して
コツン　コツン　くつ音をさせて
さあ　帰るとするか
家族の待つ　あの家へ

月の明かりが　美術室に
そっと　灯る

絵画制作中
こわさないで下さい。

日々

(1)　アライグマ　ラスカル

となりの奥さんが
トウモロコシを引きずって
畑から帰って来る
「どうしたの　そんなに」
「アライグマにやられて
とられないうちに　全部取って来たの」
「こんな所にまで
アライグマ来るの」
「そうよ。カボチャだってすいかだって
おいしいものは　なんでも」
困ったもんですネ。本当に。

ラスカル
おまえ　いつから
そんな悪い仲間に入っちゃったの

(2) 割る

私
このごろ　力持ちになっちゃって
困っている　手からすべるの
茶わんや皿を
かんたんに割れちゃう
包丁をだって
真っ二つに折れたのよ
刃の所、パーンと音がして
あっちとそっちに、とんで行ったわ
これには私　びっくりしてしまって

そんなわけで
先日
高齢者部会に
入部いたしました

(3)　丸花蜂

近くの農家の
ビニールハウスから脱出して来た
花つけ蜂　丸っこい大きな体で
ブーン　ブーン羽音をさせながら
花の蜜を吸いに来る
ジキタリスとか百合とかラベンダーを

どうだ　どうだ
私が丹精したその味は
〝おじゃましてます
　ごちそうになっています〟
こわもての姿に似ず
花の主人には悪さをしない
その当り前の仁義をわきまえるとは
気にいった
充分　吸っていきな

かすべ

市場通りの魚屋のおすすめは　カニ
毛ガニとたらばガニ
とにかく　カニを売りたい

そこは　素通りして
一番端っこの店をのぞく
ヒラヒラ泳ぐ
水族館を思い浮かべながら
「エイ　ですか、これ」
「いいんや　かすべ」
ほっけやかれいに囲まれて
北海道の形で
一匹のかすべ
黒いトロトロそうな皮をつけて
へたったように　並べられている

連れのみゆきちゃんが
「いくら」
買いそうなふうに聞く
「二千五百円」
　　　　　　（買うの）
「もう少し安くしてくれたら
買うんだけどなあ」
ますます脈がありそうに言う
「二千円にするよ」
　　　　　　（切ったりできるの）
「さばいちゃるよ。どこから来たのさ」
「滝川、それぐらい出来るけどさ」
　　　　　　（みゆきちゃん、すごい）
「でもやめとくわ
なんだか乾いてるし、古そう」
　　　　　　（えー、買わないの）
ちょっと　がっかりだけど
耳のところなんて赤っぽいし
ほんと　いきが悪そう

水族館じゃ
かすべって
エイのことでしょ。

でも　祖母が
「骨のまんま　食べるんだよ
　かすべは　全部　食べられるんだから」
と、言っていたあの煮つけは
けっして　エイではない
かすべだ

母の朝

㈠　山　場

母の病室へ歩いていると
詰め所から

それ程ひそめもしないで
男性看護師の声が聞こえて来た
「205号の山田さん
　今晩が山場だよ　きっと」
えっ　なんてことを
病室に入ろうとした時呼び止められた
「ゆうべ　山田さんの酸素の数値が下がって
　今朝から酸素吸入をしてますから」
さらっとした言い方で告げられた
そんなに悪いとは　思いもよらなかった

山場とは　一体どういうこと
良いこと　否。悲しいことだ
不思議な言葉だ
夫に
「山場って　どういうこと」
「そう言われたのか」
「うん」
「最期ってことじゃないのか」

「うん」

「大丈夫か。そんなに悪いのか」

「うん」

峠を越えて
ここまでやって来た
まるで死ぬ際を見つける為のように
何度　峠を上ったり　下ったりしただろうか
とうとう　最後の頂上に来てしまった
ここが　母の山場だ

外は　視界も消えて
こんなにも　ふぶきだ

㈡　宣　言

もう一日与えられた
今日が
杓子定規に始まった

一粒万倍びより

午前八時半
看護師が入って来て
「山田さん　しゃっこいよ」
冷たい体温計を手で暖めながら　検温
尿ぶくろを振りながら
「おしっこ　出ないネェ。20ｃｃ」
「ごめんネ　チクッと　いたいよ」
血糖値の針に　もう痛みも感じない
おむつの交換
今日は　もう骸《むくろ》になっていたかもしれない人が
においのきつい便をする
赤い汗疹に軟膏を塗ってもらって
病室の掃除のモップもかけてもらう
酸素をスースーさせながら
されるままに

西日が
枕辺を照らす

Ⅲ

急に息づかいが荒くなって
酸素の数値が急激に下がる
いくら数値のめもりを上げても
もう酸素吸入も用を足さない
むくんだ顔が青ざめて来る

「のうかんの用意をしますか」
詰め所の私語が聞こえて来る

ああ　本当に最期だネ
もういいよ　もういいから
頑張らなくていいから
放すよ
握った母の手を　ほどく
そっと　起こさないように

ペンライトを
左　右とかざして　深々とのぞき込む
うん　と一つうなずいて

二月二五日　午後五時十七分
　　　　　　　　ご臨終です
ドクターが　宣言した

㈢　母の朝

それは　とてもしばれる朝でした
電線には　カラスが一羽
とっておきの寒さをかぶりながら
町内の安寧などを
見渡しているようでした

母は昨日　骨になりました
残らずきれいに　骨になりました
九十六歳を生きた母は
苦しむこともなく
スーッと　静かに
消え入って行きました
私たちを

Ⅲ

深い悲しみにさせることもなしに
なんだか安心で
清々しい気持になるのでした

母の遺骨を設えた部屋で
なんだか初夜のような夜を
異質の母と眠る

穏やかに一夜が明けて
母にも私にも
それぞれの朝が来た

窓には
朝日に光る　雪の子たちが
寒そうに　入れて入れてって
部屋の窓を叩きます

エンディングノート

もし
これからの私たち　というテーマの
講演会の案内が来たら
これからの私たちに
何か楽しいことがあるのかしら
半信半疑で
そりゃあ　出席に○を付けますよ

私たちのこの先に
まだ何かいい未来が
残されているのでしょうか
すがるような願望が漂う
熱い会場に
配られたのは
エンディングノート

Ⅲ

明かりを消した薄暗い部屋に
スライドが写る
赤いピンスポットの点滅の先が
記入の仕方とか
誰に残すとか
行の埋め方を案内する
だんだん死ぬ事が具体的になって来る
最終行に着く頃には
もういつでもどうぞと
許可が下りたような
りっぱな出来栄えのノートが出来上がる
え、ここでしっかりしなきゃ
流されてはいけない

本日の演題
『いきいきと生きて逝くために』

とにかく
まず元気に意気　意気と

生き切ることが
最後に残された
私たちの課題
エンディングノートは
それからでも　いいっしょ
そうです。
私、まだへたっている場合じゃないのです。

あとがき

詩を通して知り合った中高齢の主婦六人で詩誌『韻《いん》』を創刊いたしました。一年一冊の薄い詩集ですが、三十号まで続いて終刊といたしました。

『韻』の作品の中から、五十代後半から七十代前半のものを軸にまとめました。その中の詩「手術」は、私の思い入れもあり、ページ数も多くなりました。

胆のう全摘出手術で入院したのですが、手術日の前日から高熱を発し、手術どころではなくなったのです。「院内の感染症では」と、原因の検査の毎日になったのです。熱が落ち着き、手術を終わらせ、退院まで七十日間の入院生活でした。

「詩集をまとめなさい」と、背中を押して下さった先輩詩人、詩友の皆さまに、心から感謝申し上げます。

また、文芸社の田口さん、いろいろアドバイスをたくさんいただき、どうもありがとうございました。

二〇二四年三月

齋藤　たえ

著者プロフィール

齋藤 たえ（さいとう たえ）

本名・齋藤重子
1948年９月12日、北海道岩見沢市生まれ
「滝川文学」「文学岩見沢」詩誌『韻』を経て、現在「北海道詩人協会」会員

一粒万倍びより

2024年４月15日　初版第１刷発行

著　者　齋藤 たえ
発行者　瓜谷 綱延
発行所　株式会社文芸社
〒160-0022 東京都新宿区新宿1－10－1
電話 03-5369-3060（代表）
03-5369-2299（販売）

印刷所　株式会社晃陽社

ISBN978-4-286-24780-9